*Ce qui reste de ce qui passe
est comme l'autre monde du monde.*

Pascal Quignard, *Sur le jadis*

Venha ver: é que parece que tem um movimento nas coisas ao nosso redor. Parece que tem uma força clara que chama, chama. Tudo lamenta como se soubesse mais ou menos do que eu e você: e por isso lamenta muito, precisa dizer e não diz. Nada diz e a tudo o que nos rodeia sobra um tempo mudo e inquieto: nada diz e o que urge é talvez encontrar ainda o que dizer, vasculhar na memória e nas coisas em volta e no subterrâneo algum acontecimento. Venha ver: o ar da cidade está cheio, queria poder colher nele todos os dias de ontem e a noite de hoje que foi mal dormida.

É preciso contar uma história, encontrar as pontas dos fios soltos e juntá-las para dar lugar a um texto. É preciso porque te chamei para ver mas não sei o que mostrar: não sei se você também reconhece essa busca latente que compreende todas as coisas e que empreendo sozinho. Não me lembro direito de como foi essa manhã. Não me lembro como acordei ou de ter dormido. Esses últimos dias têm sido tão longos, nem que tivesse todos os dedos para contá-los eu não saberia.

Passei a tarde toda caído no meio do porto. Acho que os próximos dias não serão suficientes para me livrarem desse cheiro de mar.

É um cheiro que acompanha, que me acompanha, e contamina as roupas e o meu quarto. Mesmo que o mar e o porto afastados já centenas de milhares de quilômetros, o cheiro ainda nítido se pode sentir melhor do que o da cidade inteira e até do que o meu próprio. Posso sentir o cheiro quando acordo de manhã cedo antes de levantar: ele habita o contorno do meu rosto e conhece o caminho das minhas narinas. É o cheiro do mar salgado que cobre a presença dos móveis da casa e me impede de chegar ao telefone: um cheiro fundo que domina todas as tardes porque penetrou todas as manhãs. Passei a tarde toda caído no meio do porto e depois perdi meu passaporte, tive que ir ao consulado fazer outro. Tive que refazer meus documentos e quando voltei para casa, tudo parecia empoeirado e cheio de sal. Até hoje às vezes sacudo o sal das roupas e descubro o sal nas ruas: acho que essa noite não durmo. Acho que os próximos dias não serão suficientes para darem conta do cheiro que expande ainda pelas janelas, um cheiro forte que arde até ficar vermelho. Um cheiro imenso que cobre a extensão do oceano que me separa do porto, um cheiro grosso e que me segura ainda por perto do porto.

O que procuro me procura. O que procuro me persegue, me segue na rua, me sopra no ouvido, me salta na cara. O que procuro me procura muito: mesmo se esqueço, o que procuro me lembra, não me deixa escapar. Não sei o que procuro e o que procuro me sabe, não sei o que procuro e procuro — mas o que procuro me acha. Sigo procurando e o que procuro foge, me deixa constantemente, me fisga e abandona, me pesca e larga a vara. O que procuro me encontra e não encontro o que procuro. O que procuro me para, me pega, mesmo me aperta e continuo a procurar.

Tudo o que passou se enrola sobre o criado-mudo. Tudo espreme, aperta e condensa, preenche o espaço curto que recebe o nome de lembrança. A formiga desenha uma linha no pé da cama e o sangue corre na veia, os ossos se espreguiçam parados. É o desfazer tranquilo do dia, que escorre azulado pelo colchão e desmancha devagar para se tornar passado: corre um rio longo e estreito chamado dormir.

Era o dia em que a viagem começou. Eles dormiram muito no entanto, mais do que deviam para a hora do voo: e por isso correram acordados atrás do atraso, escalaram o tempo perdido até subir as escadas do avião que esperava apenas por eles para decolar. Foi esse o dia em que deixaram os dias da casa onde ainda moravam e suspensos no ar eles atravessaram os mares para chegar em outro lugar. Saíram tão subitamente do sono esticado e não interrompido pelo despertador, e se apressaram tanto, que mesmo ao levantar voo ainda sentiam os olhos pesarem e as imagem se desbotarem pelas camadas que se sobrepunham. Ainda sentiam passar o ar do sonho pelo corredor do avião que voava e nas janelas pequenas depois das poltronas, esqueciam da cidade que deixavam para baixo.

Ainda ontem a certeza de hoje era um cristal imóvel. Mas a manhã nos levanta e esparrama os sonhos, a luz transparente do dia interpela e perde essa certeza.

Ele continuou mesmo depois que a viagem se desfazia na memória. Passaram anos, já tinham se esquecido e nem se queriam mais, nem se lembravam, ainda assim ele continuou o que deve ter começado lá. Ele se apegou àqueles momentos como se pudesse segurá-los, e a viagem formou pedras e cristais. Cristais duros sobre as horas, cristais cheios de pontas e incrustados ainda naqueles minutos antigos. Ou aquela viagem, uma plantinha trepadeira que penetra os espaços por entre os segundos, cresce muito e sem critérios e se agarra aos nós dos dedos. Ele continuou e dizia que não poderia ser diferente.

Ouça: não somos detetives. (Os cabelos ainda despenteados despertaram antes, mistura de fios que se cruzavam num movimento lento: não se podia ver a cabeça por entre os fios longos que escapavam por debaixo das cobertas.) Não existe um segredo e não vamos decifrar. (A manhã ensaiava começos há muito tempo, mas qualquer coisa parecia atrasá-la ainda: talvez a insistência da noite ou os reclames surdos dos sonhos de ontem.) A verdade é que o dia é que acontece, vê? (O sono persistia afundando o travesseiro, sugava a consistência das horas e criava uma camada fina, que no entanto prosseguia até o fundo da janela.) Você sabe como são as coisas. (Mas depois do café da manhã, quando o dia enfim ocupava todos os níveis e inspirava sozinho, ele não sabia mais disso.)

Tenho te procurado nas paredes e nas palavras quando anoitece ou depois que a manhã termina. Tenho te procurado no caminho para casa no momento em que os passos se tornam sozinhos, e até chegar na porta de entrada. Tenho te procurado com insistência no final das madrugadas de sábado e ainda no dia seguinte os rodapés continuam chamando, como se soubessem disso. Te encontro nas notas de dinheiro antigas no fundo da carteira e no fundo das gavetas e às vezes, nos dias de muito frio. Tenho te procurado antes de estar atrasado, a toalha úmida e a tarde inteira. Tenho te procurado, as cadeiras paradas e os rostos todos esperando, continuo à procura e a floresta toda dorme enquanto as corujas sabem. Tenho te procurado embaixo dos tapetes e atrás dos móveis ou entre as flores e dentro dos vasos cheios de terra do quintal de casa. Te encontro nas esquinas e no meio-fio quando tenho pressa, nas maçanetas de portas trancadas e nos sapatos de desconhecidos.

Sonhei que era azul. Não pude bem distinguir a forma. Não pude bem distinguir o tom. Era um azul íntimo naqueles instantes de sonho. Acordei e olhei por muitos longos segundos o despertador: naqueles instantes de sonho a sensação tinha passado. Passou também muito tempo (dez anos inteiros): e quando o relógio marcou oito horas, eu já não me lembrava de nada.

Foi um passado sem precedentes em que as horas eram claras como a noite clara e os dias do tom escuro do azul-escuro. Foi um lugar sem seguintes onde as coisas se multiplicavam e repercutiam na areia firme de antes do mar. Foi esse lugar e essa areia e esse tempo de água salgada — foi esse lugar e depois foi depois.

E depois que foi o lugar onde o tempo coube no lugar — o que é que foi de depois? Como podem os braços e as mãos serem eternos e depois haver depois disso?

Foi um passado sem lados, sem frente e sem passado. Um passado que vive ainda solto e sozinho e dentro de um navio enorme à deriva das ondas.

Não te conheço e te escuto passar. O teu passo se escuta em segredo, tua voz não se ouve no escuro. Te olho de perto, não sei quem é, te vejo andar pela rua até muito longe, te toco o ouvido, não sei quem é, te deixo. Não te conheço e te deixo passar, tuas curvas até a estrada, não sei quem é, a cidade vai acabar e o mar ainda não há. O teu rosto esquecido de ontem, tua boca aberta dessa manhã, teus olhos, não sei quem é e te sigo o sono. Cada vez mais e até deixar a porta de entrada, até que as ruas se deixem também, não te conheço, e as noites vão e assim vamos todos nós.

Foram anos que passaram. Aquela viagem que fizemos volta de vez em quando, uma pena eu não morar em cidade de praia. É preciso adivinhar o barulho do mar pelo dos carros que passam constantemente na avenida debaixo de casa: quando acordo no meio da noite acho que tenho conchas grudadas nos meus ouvidos. Deve ser porque naquela viagem, uma tarde inteira, lembra? Não consigo me esquecer. Se não encontrar, eu queria ao menos aprender o nome para poder chamar — mesmo que não atenda.

Lembrava de sentir que o mar nascia bem ali: como se começasse naquele ponto do mundo, como se brotasse daquele porto esquecido. Era aquela a possível nascente do mar, se o mar fosse um rio.

Ele caminhava com muita pressa e mais ou menos a cada trinta passos, balançava a cabeça em sinal de negação. Suas roupas salgadas pareciam pingar mesmo que estivessem secas e limpas também.

Ele tinha a consciência clara de quem era e não se conhecia. Ele sabia exatamente por que era assim e mesmo assim não se conhecia. Ele entendia que não se conhecia e ainda assim não se conhecia.

Faltavam os lábios que vêm antes da boca. Faltavam as curvas de antes da nuca. Faltavam os dedos que estão antes das mãos.

Pelas frestas e pelo buraco da fechadura, quando é noite há sempre um fio de luz que traça um risco na parede. É um foco amarelado, lâmina que corta o ar cheio de escuro, denso do quarto de dormir. Difícil acreditar que a luz vem de algum lugar por trás da porta ou das janelas: parece antes original do escuro que ilumina, início ou ameaça de um clarão que existe e mesmo assim não acontece.

Há um rio depois do mato e da estrada que corre muito rápido e onde o tempo sozinho se recusa a passar. É um rio longe e escuro que não segura a vontade de logo desaguar no mar. Ali as horas se esgotam e o passado inteiro cabe numa gota de água doce.

O tempo cura as camadas, cura as pegadas, cura as histórias mal contadas, mas o tempo não cura tudo. O tempo não é remédio, não é mercúrio nem mertiolate, não cicatriza, não cria cascas, não enrijece, não esquece. O tempo também não lembra, não é um estoque onde se pode guardar nada, não tem essa consistência, não procura ter. O tempo nem mesmo passa. Não é verdade que o tempo tem tantas reviravoltas: não tem.

— Daqui a dez anos não me lembrarei mais de nada disso.
— Daqui a dez anos eu te lembrarei de tudo isso.

Da vista dessa cidade dali do alto e o peso das mochilas que pendiam das costas, o marrom quente das construções antigas e o cheiro morno da praça logo antes de anoitecer. Posso ser a memória das vozes em línguas desconhecidas que se cruzavam com as nossas e mesmo a memória do país inteiro que percorremos. Te permito esquecer e não registrar e nem recordar contanto que me deixe o espaço para as lembranças de cada degrau da escada e da janela do quarto de hotel; contanto que me deixe a linha para que eu trace o percurso que fizemos e o perscrute nas noites e o procure ainda nas manhãs. Dos edifícios e o tamanho redondo da cidade vista de cima, da distância do mar do sul que no entanto já tinha voz nos ouvidos. Da igreja cheia de cores que não visitamos e os bonecos do Pinóquio nos vigiando de perto enquanto buscávamos um lugar para comer, antes que a noite viesse e tudo fechasse. Serei teus olhos do passado para guardar o dia inteiro de que você não lembra mais e que eu vasculho em segredo.

Um mar denso e branco se desloca no fundo das coisas quando não estamos olhando. Passa pelas janelas e não faz barulho nenhum, embora corra com força e tenha ondas enormes. É um mar denso como pó e branco como o céu logo antes de amanhecer. Ele atravessa as cortinas e o sono. Levanta os móveis alguns milímetros e corre no silêncio da sala vazia, ouve as paredes e o teto.

Daqui a dez anos vou te ligar, te arrancar da mesa de trabalho. Vou descobrir teu telefone. Você não vai conhecer a minha voz. Não direi quase nada, praticamente nada, só direi isto: que se passaram dez anos. Que se passaram dez anos e eu precisava cumprir com nosso compromisso: eu precisava te lembrar que se passaram dez anos.

A lembrança persiste imóvel, suspensa no ar imune a todos os gases, a todas as fases. A lembrança insiste sozinha, não sofre corrosão, não é diluída, não mofa. Está num espaço minúsculo, apertada entre dois momentos, no ponto de transição de um segundo para o outro: acompanha o tempo. Acompanha e nos acompanha: a lembrança como um talismã, mas nunca uma bússola. A lembrança antes uma âncora que afunda e afunda no mar e não encontra solo para se firmar. A lembrança também o navio todo, que nos segura para embarcar. Nada tem lugar fora do tempo: a não ser a lembrança, talvez só a lembrança.

— É por isso que naqueles dias daquela viagem a sua alegria era toda entremeada, e quando subimos as escadas até a Piazza Michelangelo você olhou em silêncio para a cidade, como se pudesse arrancá-la dali e roubá-la para si?

Ele não disse nada, e nessa mudez ele se repetia. Continuou, seguiu o dia e a noite e o próximo dia — mas como continuar, como seguir sem procurar?

Quando a noite se espalha a correnteza do dia conflui para dentro, um rio que corre e certamente desemboca no mar. A noite guarda todos os acontecimentos, por isso pesa como uma toalha encharcada e nela não existe o passado. A máquina da memória funciona em segredo: um processamento lento de conversão e de sugestão.

Às vezes ele sussurrava nos ouvidos:

— Faça com que fique. Faça com que fique. Se há uma porta e se posso abri-la, se há uma voz e se posso ouvi-la, faça com que fiquem. Faça com que o tempo não permita que se percam, que o tempo seja o lugar para que se permaneçam. Faça com que as horas envolvam as coisas para mantê-las. Faça com que fique. Faça com que fique.

Essa noite vai passar e o sono não virá. Cheia de minúcias e de procuras, toda uma aventura para chegar ao sono e que chegará na manhã sem sono de amanhã. Passarei horas tateando a cama e as rugas do lençol como as marcas da fronteira entre os países e as grandes montanhas de antes de chegar ao litoral: e o sono não virá. As imagens claras no escuro passarão pelas frestas e pelas janelas até que o mar inteiro invada o quarto depois da porta entreaberta. Junto com ele só não virá o sono que irá rodear a cama pela noite inteira como se me procurasse e não me encontrasse.

As coisas todas no ar, acumuladas, tudo o que poderia, tudo o que seria, tudo o que quase, tudo o que ainda, tudo o que mais ou menos, tudo no ar, tudo fortificado, uma fortaleza de possibilidades não consumadas. Um edifício de hipóteses que atravessa o tempo e o perfura por dentro, contorna as lembranças e descreve a memória: lembrar do passado é assim escalar o edifício até o topo, desbravar cada andar e afastar-se do chão.

Todas as lembranças sofrem a transformação a partir daquilo que é declarado finado. Todas as lembranças mudam de cor e de cheiro, e se tornam assim menos vivas e mais acessíveis. Todas as lembranças são lugares grandes e fáceis que visitamos sozinhos, que habitamos às vezes, que nos frequentam nas noites.

Mais tarde, o vento vai traçar essas folhas e as levará para longe.

Tenho te procurado pelos lados da janela e pelas ruas da cidade e mesmo quando encontro continuo a te procurar. Continuo a te procurar porque continuo a te procurar até quando não é mais preciso: ainda assim insisto e assim a procura não acaba nunca. Tenho te procurado e por isso sigo o prolongamento das calçadas até o fim — e às vezes nos esbarramos e te encontro depois da esquina e continuo a te procurar.

Tenho te procurado pelas linhas do chão da casa e pelas faixas das avenidas. Quando te vejo pela cidade pode ser que passe reto ou pode ser que te encontre — e se encontro te cumprimento e continuo a te procurar. E os dias cabem em horas de procura incessantemente, te vejo passar e te deixo passar e volto a te procurar.

As coisas ganham a força do furacão que fere as paredes e inflamam e inflamam e não estouram. As coisas caem constantemente caem quase todos os dias caem mais uma vez. As coisas não lembram de nada e de nada sabem o que falar, as coisas paradas na sala da casa na noite assombrada do dia seguinte.

Sei que essa vida anterior ainda se guarda, se guarda e se esconde, e convive comigo apertada no fundo das gavetas, e me assombra nas noites de sono profundo esquecida nos cantos dos armários. Houve um tempo em que tudo era diferente: eram horas inteiras na borda das ondas imensas do mar e o barulho das águas batendo no porto. Eram longas jornadas sobre a areia dura e era o sopro do tempo trazendo um segredo doído de ouvir. Sei que esses dias inalcançáveis ainda me aguardam em algum lugar; sei que esse tempo que foi e passou continua ainda talvez no batente da porta dos fundos ou no porão do navio transatlântico atravessando a noite alta. Eram muitas manhãs naquela tarde inteira que percorremos juntos em tão poucas horas; era o cume imenso da viagem toda que alcançamos juntos com tão pouco esforço.

Ainda que o cheiro das coisas se dissolva no ar, ainda assim posso senti-lo. A luz que se difunde e perde no meio do quarto escuro: ainda assim posso assisti-la. Não posso pegá-la e nem apalpá-la e nem segurá-la com as minhas mãos; e a sua presença é muito mais forte do que os objetos apagados pelo escuro.

É preciso falar das coisas, das coisas enquanto coisas, da cor das coisas e da forma das coisas, e o movimento das coisas.

Ele estava parado. A manhã já tinha se tornado tarde e a tarde descia os degraus das escadas até o fim. Ele não se mexia e encarava a porta da frente e segurava com as mãos o corrimão. Tinha se lembrado com detalhes daquela praça central de Veneza: os leões, a basílica, o campanário. Era um cenário descolorido pelos mesmos tons opacos da sua memória e era difícil acreditar que ainda existia em algum lugar. Difícil realizar que as mesmas horas que corriam por entre os tacos do chão do corredor passavam também nos tijolos da torre do Relógio de São Marcos; os pombos ainda voavam e os turistas fotografavam. Tinha se lembrado do menino que corria muito e de um lado para o outro naquela praça: tinha pernas finas e ele pensou, na ocasião, que dali a setenta anos o menino seria um velho de cabelos brancos e pernas finas. Mais tarde um rato enorme de Veneza passou por entre os pés deles enquanto jantavam: era um rato tão grande que já tinha passado pelos pés de gerações e gerações de pessoas porque estava na cidade desde a sua fundação. Ele se lembrava bem. Foi a última cidade que visitaram antes da viagem acabar.

Tudo o que dizemos vai cair sobre a mesa vazia e esparramar pelo chão da sala, vai sobrar na sacada de casa e agarrar as paredes. Tudo o que dizíamos afundou no meio da viagem que fizemos, e contaminou o ar das ruas da cidade de Veneza. Tudo o que dissermos cairá também e restará atrás da porta da sala de espera, para ressurgir talvez na próxima noite de chuva.

A procura persiste o dia inteiro. Chego em casa e ela continua. Não acaba no banho nem nos dentes nem na cama. Dura ainda nas luzes que se apagam sob as pálpebras fechadas. Pouca coisa me faz esquecer. Depois que finalmente durmo, a procura gira em torno de si mesma até cavar um buraco. É um buraco fundo por onde escorre meu sono. Mas às vezes não: às vezes é a tentativa de avisar o tempo. Uma voz na minha cabeça que alerta sobre a dobradura cada vez mais estreita e os vértices cada vez mais apertados. A procura persiste a noite toda. Outro dia acordei no meio de um sonho, a imagem fixa daquela tarde e o cheiro do porto. A viagem inteira desfilou na minha frente, projetando-se nas manchas de luz amarelas da parede. As luzes da Itália todas piscando no meu quarto escuro. É difícil seguir a distância e determinar o espaço de tempo que é maior do que o oceano que me separa daquele lugar. A procura insiste por todos os lados, acho que não tem limites. Passo o dia assistindo à força imóvel com que ela me persegue e persiste a tarde inteira.

É assim que as coisas são porque é assim que as coisas foram e é assim que as coisas eram antes de serem assim. É assim que elas seriam se não fossem bem assim.

Passou o tempo e o que sobrou foi o tempo. Esses dias que não voltam deixam para nós os dias que sempre voltam. "É hora de ir", você disse e foi assim que partimos e foi também assim que voltamos algumas semanas mais tarde.

Voávamos sobre as cidades até perdê-las e até depois, quando ultrapassamos a fronteira continental e o que havia abaixo de nós era o corpo imenso do Oceano Atlântico. O avião inteiro dormia e no momento em que eu me deixava isolar pelo escuro das minhas pálpebras, as imagens da vida oceânica que se debatia sob meu corpo ganhavam forma naquele percurso: os peixes-palhaços e as baleias-azuis e os moluscos e as algas coloridas. Nas profundezas mais obscuras, nadam os peixes mola-mola com as suas barbatanas. Atravessávamos a noite fria e o mar nos via passar e nos permitia passar; eram poucas horas de percurso e elas guardavam a distância homérica que conquistávamos inconscientes. Me lembrei de todos os seres marinhos de que tive notícia e das velas dos navios antigos que já desenharam esses caminhos: e as focas gordas e os porões escuros e as cachalotes e os arpoadores.

Há uma voz que diz e essa voz é você. É uma voz que vibra no escuro deste branco e diz: não somos isso que dizemos que fomos. Não somos o olhar coberto de conchas nem a orla e a areia da praia; não somos as ondas cheias do mar que quebram mais uma vez. Não somos as rugas dos dedos molhados nem somos os astronautas.

É uma âncora que dorme no ar
e que afunda no mar
e que acorda no ar.

Somos o ar do mediterrâneo, o ar do mediterrâneo!

Ele tinha vontade de exclamar ainda depois de tanto tempo: uma resposta possível, sempre essa resposta possível. Mesmo assim os dias enormes esticados todos enfileirados passando repetidos, repetindo o coro dos tambores.

Somos o ar do mediterrâneo, a explicação jazia ali subcutânea enquanto fazia o café. E quando a água borbulhou sobre o fogo e cobriu o vidro do fogão de um vapor fino, quase transparente, ele repetiu inconsciente: *o ar do mediterrâneo*. Mas tinham se passado tantos meses que já não cabiam mais nos dedos das mãos, os mesmos meses todos que ele viu de longe como uma mancha no fim do horizonte quando o ar do mediterrâneo habitava ainda as suas narinas. Talvez o vapor do café inflasse o ar agora só para lembrá-lo do ar do mediterrâneo e dos meses todos passados que recheavam a distância que o separava dele: era mais uma vez, mais um dia, e o amargo do café na língua, e o ar do mediterrâneo.

Por que será que houve a neblina dos meses mesmo ali sob o ar do mediterrâneo? A neblina dos meses também escurecia um pouco aquela tarde clara do porto. A neblina dos meses atravessou centenas de milhares de quilômetros do oceano inteiro só para chegar num porto. E aqui na cozinha a neblina passeia ainda sobre a mesa posta — e a voz dos meses passados sussurra nos ouvidos enquanto o café esfria.

Somos o ar do mediterrâneo, o mar do mediterrâneo!

Sussurrávamos um para o outro e eu não entendia o que você dizia com a voz tão baixa e te sussurrava a resposta. Somos as palavras quando delas não exigimos mais a verdade.

É uma infinidade de caminhos diferentes que terminam em outros afluentes. A correnteza do rio corre, corre muito porque procura o sal que não tem. É um desejo contínuo que mora nos peixes que voltam para a água doce para morrer. Há um tempo que expande nas profundezas escuras do mar e até os rios mais distantes procuram em segredo e encontram em segredo.

Tudo o que nos foi dado como um presente e que perdemos como um presente. Naquele dia, não chegamos a conhecer Nápoles porque não houve tempo para sair da estação de trem: a cidade lá fora e o cheiro da estação, os horários, a passagem que compramos para descer até a costa. Estávamos sentados em um banco esperando a chegada do trem, as costas encostadas na parede fria, e do outro lado dos trilhos um grupo grande de turistas desembarcou. Todos enfileirados e vestidos coloridos, prontos para o verão italiano, faziam barulho como se não houvesse outros além deles. Nós dois assistimos quietos ao grupo que aos poucos se dispersava e sumia pelas escadas: eles carregavam mochilas e pareciam tão leves, tão leves que ainda hoje circulam por Nápoles com suas roupas frescas de estação.

Somos um corpo, somos um corpo. Somos os corpos jogados no porto, caímos na areia dura do porto. Somos o meu corpo, somos o teu corpo, e o tato com que sentíamos a tarde acima de nós — uma tarde inteira, lembra? Éramos aqueles corpos cheios de dedos e cheios de dentes, caídos no porto daquela tarde de julho, e tudo o que eu nunca soube repetir. Não repetia, não procurava, não esquecia: éramos os corpos que não sabiam o caminho para fazer dos momentos a lembrança dos momentos.

Não me lembro daquela tarde. Não consigo reter os detalhes e nem traçar os movimentos que riscaram a areia, não sei refazer aquilo que vivemos nesse porto. Posso ver passar diante de mim quase todos os momentos dessa viagem que fizemos: mas aquela tarde nesse porto, aqueles corpos nessa tarde, esse ar e aquela areia, isso não posso, não sei lembrar.

E no entanto é isso que me perturba todos os dias, aquela tarde me desloca de cada hora, e esse cheiro de mar ainda insiste nas minhas narinas. No entanto aquela é a tarde que ainda não foi, e que me persegue e volta e volta porque não é esta e nem outra qualquer.

Dormiu depois do almoço e, enquanto dormia, ouviu uma voz que repetia no ouvido: *é o teu dia*. *É o teu dia,* dizia a voz, *é o teu dia*, repetia, *é o teu dia*. Revirou-se na cama uma, duas, três vezes, e esfregou as mãos nas orelhas, e no meio do sono a cama se fez imensa e os lençóis revoltos. *É o teu dia*, ele nadava sobre o colchão e suava muito: *é o teu dia*, a voz insistia e interrompia a iminência de um sonho que viria. E enquanto ele se debatia, e ainda dormindo apertava os joelhos, a voz já sabia: *é o teu dia.*

Ainda não eram duas da tarde. O dia aumentou pela janela aberta e levou o sono: o quarto ficou vazio e a casa ficou pequena. Já era hora de ele atravessar a porta e sair de casa. Sabia disso e sabia também a distância e todas as escadas que ainda o separavam da rua, e o corredor que se projetava para muito longe. Tinha a chave ao alcance no bolso e foi só girá-la: abriu a porta e deixou ver a rua e a calçada e a continuidade de outras portas do lado de fora.

Ele andou por horas e muitas avenidas depois que saiu de casa. Atravessou esquinas, postes de luz, hidrantes, faixas de pedestre, degraus, semáforos e quarteirões inteiros. Andou pelas ruas da cidade sem um caminho e passou pelas pessoas sem olhar, e não parou em lugar nenhum. A tarde toda o seguiu e não o deteve até que a cidade acabou e ele chegou numa estrada.

Nessas ruas, nessas casas, ainda que a noite não diga muito, ainda que mal tenha começado, há um deslocar-se misterioso que não é meu nem das televisões ligadas que vejo pela janela. Quando ando pela cidade, é sempre assim: depois de mais de duzentos passos, depois que a rua embala o meu passo, sinto que algo me acompanha: algo descreve o movimento das minhas coxas e escuta de perto a minha respiração. Algo me segue pelas esquinas e sobe escadas e trepa muros, algo me olha atravessado e não tem forma e continua.

A procura dos dias pelas noites que os encerram.
A procura das horas pelas outras, pelas próximas.
Minha procura habita as ruas e os telhados. A procura dos rios é pelos mares, pelos mares.

Ele segue as calçadas compridas como se houvesse um caminho traçado e bastasse cumpri-lo. As pernas desenham sozinhas o rumo dos passos e o fim do dia: há uma voz que diz que ele escuta em segredo.

Somos um porto, somos um porto. Somos o porto perto da cidade, e o mar bate azul e imenso em nosso cais. O passado parece o futuro como uma gota parece uma gota.

Os meus braços que passaram e os teus braços que passaram se confundiram com a areia daquela tarde que passou. Nos desmanchamos em tempos feitos e nos tornamos apenas braços e tardes e ilhas e mares dispersos no passado: o dia acabou e a cidade acabou e há o cheiro do mar e a estrada e a noite. Te chamei para ver e não sei o que mostrar.

O final da tarde fez a estrada mais ampla. O céu estava imenso e as nuvens tão massudas que deviam saber qualquer coisa que ele ignorava: aquelas massas disformes de ar e vapor guardavam segredos no brilho dourado que as contornava logo antes do sol se pôr. Sem deter a caminhada, ele acompanhou com os olhos o movimento das nuvens até que elas ficassem cinzentas. E descobriu alguma coisa muito grande que não tinha ideia do que era; durante os passos com que passou olhando o sol, ele não procurava por nada.

Mas não tomou consciência disso e, assim que o sol se foi, seu andar era mais inquieto, mais grave e coberto pelas horas da noite.

Mais um dia que cabe na mão vazia depois que acabou. Mais um dia inteiro e o cansaço que escuta, a noite começa e se diz: outro dia enorme que engulo sozinha. Mais um dia imenso que afunda afogado pelo fim da tarde, as ruas e os rios apagados e a noite desbota o que sobra de ar.

As coisas acabam. Elas guardam dentro de si essa propriedade desde o começo. Até o mar acaba em um porto onde as ondas ainda estão quebrando: elas somem, elas desmancham, elas desfazem no ar. Costumamos exigir das coisas que permaneçam no espaço e continuem no tempo, a sua ausência quieta de fins. As coisas acabam: elas caem todos os dias de muito alto e viram mil pedaços no chão.

Mas as coisas não têm pressa. Elas não se antecipam, só acabam quando acabam. Passam lentas pelo tempo, respeitam sua duração — e daí despencam da costa escarpada e arrebentam na beira da praia.

Se não fosse esse lugar a receber os passos de viajantes estrangeiros vindos de muito longe. Se não fosse esse país traçado no escuro e seguro de sua forma comprida pisando o oceano. Se não fossem esses dias todos coloridos por Amalfi e as tardes inteiras e as praias e o porto na ponta de tudo. Se não fosse o mesmo cheiro do mesmo mar que persiste ainda nas mesmas narinas —

Mas foi assim, foi assim e fomos nós, as nossas mochilas pesadas nas costas e o sol sobre nossas cabeças: a torre, o hotel, o cansaço. Foi assim, bem assim, foi assim como indicam os fatos e a lembrança dos fatos.

A água transborda para fora do vaso. Escorre pela silhueta redonda do vaso, contorna o gabinete da pia e desenha formas no chão do quarto do hotel. A água da torneira jorra para dentro e vasa para fora, e no interior do vaso é uma dança do cruzamento das águas que vão e vêm. Aos poucos em volta o chão do quarto vazio fica todo molhado, e a água demora nas rachaduras dos tacos de madeira. Alguém tem sede.

Quem sabe é sempre assim que acontece e é assim mesmo que tem de ser. Os dias levam aos dias e as tardes levam às noites, não sobra espaço para as hipóteses. Não há buraco ou segundo que acolha um tempo fora do tempo, as coisas duram sozinhas e as horas conquistam o dia. Não cabe a intromissão do relógio e nenhuma palavra pontua um momento: toda a água corre para o mesmo lugar. O prazer não pode ser lembrado.

Enquanto tudo o que dizemos sobrar na palma da mão, e se acumular nas linhas que ficam em volta dos olhos, e um resíduo escurecido de tudo o que dizemos restar ainda nas concavidades do nosso corpo, então precisamos repetir. Tudo o que dizemos só tem valor enquanto cabe na boca, enquanto acende no ouvido. Nós precisamos repetir porque tudo o que dizemos é uma isca, e jogamos a isca, e pescamos o peixe, e comemos o peixe. Nos cantos da boca, na dobra dos braços, no vão entre os dedos: onde está tudo o que dizemos?

Na noite em que conhecemos a torre de Pisa, fazia muito calor. Tínhamos chegado de trem à cidade no começo da tarde, e passamos bem mais de uma hora à procura do hotel, que não constava no mapa por estar fora do pequeno eixo turístico: sufocados pelo sol e pelas mochilas, pedimos informação ao dono da oficina de automóveis. Só depois de instalados e descansados, quando o dia já dava lugar à noite, começamos a explorar a cidadezinha onde só ficaríamos até o dia seguinte. A maioria dos turistas, tendo cumprido o roteiro programado, preparava-se para se recolher.

A simpática e torta torre de Pisa nos recebeu sozinha, depois das nove da noite. Não era como nas fotos e cartões postais. Era muito menor do que imaginávamos, muito mais simples nos seus oito andares que inclinavam quanto mais subiam. Sentamo-nos na grama, de frente para ela, e em poucos minutos já tínhamos ganhado intimidade: a torre era linda na sua timidez, e parecia desculpar-se por entortar tanto assim. Parecia sem jeito diante de tantos que vinham de longe somente para vê-la torta, para testemunhar o ângulo absurdo de sua inclinação e a insistente resistência depois de tantos séculos. Era uma fama imprevista, a da torre, que era singela demais. Na volta para o hotel, quase compramos uma miniatura na loja de souvenirs.

É um esforço das coisas, que pendem, que tendem, que lutam sozinhas. Tudo inclina, tudo é longo, tudo volta constantemente. É um fio invisível que puxa, que chama e que ninguém atende. E as coisas imóveis no mesmo lugar, as coisas paradas o tempo todo disputam cabo de guerra.

Poderia voltar àquele dia quando estávamos debruçados no topo daquela cidade, e o mar lá embaixo depois do barranco era enorme e imenso e se misturava com o céu — lembra? Ficamos em silêncio durante minutos. Tudo tinha acontecido para nos deixar ali, e pousamos naquele ponto de Agerola como pássaros pequenos.

— Queria dobrar este momento e depois guardá-lo no bolso.

Você não disse nada.

Mas não guardei no bolso esse momento e nem a tarde inteira no porto sobre a areia. Nada nunca coube: ficou tudo sobrando para fora. Um volume estranho com o qual preciso conviver, desnecessário como são meus braços na cama quando tenho insônia. Às vezes parece que a conclusão das coisas já se fez e que elas continuam só por teimosia.

Então que segundo, que ponto do desenrolar desenfreado do tempo poderia ter sido diferente do que foi? Que força, que gesto, que curva desviaria daquilo que conduz a este instante? Que peça a menos, que peça a mais, que encaixe, que rede é essa que toma todos os acontecimentos e os leva consigo para algum lugar que insistimos em chamar de agora?

Há uma perda que cai a todo momento, que cava um buraco fundo no escuro. É uma perda que conduz todo o tempo que está à disposição. Eu por exemplo perdi tudo o que tínhamos, tudo o que tivemos, e o que sobra é sempre o ar muito grosso e parado deste segundo.

Tudo vai se desfazer e só vamos sobrar nós dois. Nós dois estátuas de mármore sobre a areia — nem a areia: nós dois sobre nada, congelados e pálidos, e nem as constelações serão testemunhas. Já não lembraremos mais da cor dos nossos cabelos, e nossos olhos terão desbotado profundamente: só vamos sobrar nós dois e o silêncio vazio por tudo ao redor. Passaremos todas as horas que não passarão sentindo enrijecer nossos corpos imóveis, até que eles enferrujem por falta de tempo e de espaço. Nós dois deitados no que havia sido a areia dura da praia encostada no porto, ainda deitados embora sem chão e sem cheiro de mar — vamos sussurrar palavras urgentes no ouvido um do outro. Ou talvez não digamos nada: porque não haverá mais palavras nem mesmo a necessidade de expressá-las; será tarde também para isso, e passaremos a tarde que não passará muito aplicados no exercício de esquecer com afinco. Não teremos mais do que a pele e os pelos, a umidade da saliva e os cheiros. Tudo vai se desfazer e só vamos sobrar nós dois. Nós dois calados e sólidos, fortalezas de areia no ar — laranja cortada no ar — nunca mais procurar por nada.

Em frente pela estrada inteira e aos poucos embalado pelo ritmo dos passos cada vez mais constante até que já não sabia mais com tanta certeza se estava acordado. O barulho dos carros passando ao lado e as horas noturnas tinham cor de sonho e a própria estrada, porque não apresentava mudanças nem desníveis, parecia inclinar-se para um delírio quieto e sonolento. Ele andava levado pela correnteza e era difícil distingui-lo à medida que a noite ainda caía no fundo do horizonte.

Minha pele grudava e exalava um cheiro salgado como eu nunca tinha sentido parecido.

Hoje a viagem que fizemos é uma montanha enorme que habita todas as paisagens que conheço. Às vezes escalo a montanha e a subida é tão íngreme que é quase impossível chegar até o topo. Mas lá no alto, no cume mais distante do chão, bem no pico da montanha imensa há um porto pequeno onde as ondas do mar quebram.

O que é que posso fazer com as coisas depois que elas acabaram?

As coisas deveriam acabar completamente. Encontrar para si mesmas um contorno necessário e bastar ali antes da linha, sem sobrar para fora nem deixar sequer um nome que nos faça lembrar delas. Terminar por todos os lados, por todos os ângulos e os pedaços. Mas o fim das coisas decide deixar na margem espaço suficiente para que ainda continuem, e um fio das coisas segue correndo ainda depois de seu limite. Não satisfeitas, mesmo acabadas, as coisas voltam e não acontecem; são ecos sem consistência, só de insistência. Como é que posso explicar às coisas que finalmente terminaram? O que é que devo dizer a elas para que aceitem esse seu fim? Os dias passam, as noites voltam, as coisas teimam mais uma vez: elas não sabem como acabar e eu preciso continuar.

Meu corpo ainda anda nessas passarelas largas. Minhas pernas, minhas coxas, meus pés continuam o caminho. Os músculos que sinto tencionarem para o passo, o movimento involuntário dos meus dedos pendurados, as virilhas irritadas pelo atrito do tecido. O ar fresco da noite envolve a nuca descoberta, e os meus ombros que carregam o peso lento dos braços. Somos de novo só eu entre tantos caminhões e carros, eu por todo o comprimento da coluna vertebral.

Milênios se empilham nas colunas firmes de pedra do Coliseu. Algumas paredes, certas janelas, ou buracos nas ruínas, são pedaços onde o tempo continua a ser exatamente o mesmo que era antes. É um tempo desgastado e no entanto intacto, antiguidade suspensa que convive conosco.

Assim como o mundo é cheio de ruínas, nós também somos: viajamos e visitamos tantas pontas do passado, pequenas fechaduras que nos deixam ver aquilo de que não encontramos a chave para abrir. Ali imóvel o tempo é sobretudo uma força pulsante, que nos cumprimenta respeitosamente para depois esquecer que existimos.

Aprende a chamar tudo por um nome. Vai — e diz: *é assim*. E vê se aí tudo responde quando você procurar. Sobre o que somos, diz: *é isso*. E vê se então atendemos assim que você chamar.

Não havia nos tempos idos mais do que os mesmos dias de hoje. Não havia mais que os segundos, menos que o longo curso das horas. Eram tempos cheios de si assim como são os tempos de agora: e no entanto chamo por eles, oro por eles, sigo o seu rastro. Não houve nesse passado nada que fuja muito de outro; nem um momento, nem uma onda que não estoure hoje também. A mesma lua que veio há pouco era a que vinha no fim da tarde: e se é aqui ou se era no porto, nada as distingue, nada as separa. Mesmo assim ouço o vento de longe e lembro de ontem com nostalgia — mesmo assim volto aos meses passados como se fossem mais do que são.

Duas imagens de sonho habitavam a caminhada: a casa inteira vazia, seus cômodos enormes sozinhos na madrugada; o porto todo vazio, o mar imóvel batendo num cais de madeira e pedra. Cheias da luz amarela dos postes de luz, as imagens lado a lado eram levadas pelo passo, e misturavam-se às placas que indicavam as cidades próximas. A noite clara de faróis de carro e a mata densa do lado de lá esperavam em silêncio, escutavam, respeitavam a emergência de tudo o que não era elas.

Acho que nunca chegamos a nos conhecer. Nós não nos apresentamos nem trocamos nossos gostos; mal nos comunicamos com palavras ou conversas. A viagem que fizemos foi cúmplice do tempo que passamos lado a lado: caminhávamos manhãs e tardes nas cidades estrangeiras, sem dizer quase nada além daquilo que dizíamos. Atravessamos juntos um país do norte ao sul, mas nunca perguntamos muita coisa um para o outro: você no máximo tinha sede — e queria saber se eu também.

Às vezes vejo que alguns momentos reúnem todo o tempo que anunciam sem saber. O passado devora sempre pelo centro, começa de dentro e corre até a margem de tudo o que acontece.

É tão claro, não é? Claro como o dia que acabou: a alegria cria enormes buracos na medida em que não dura. Somos todos preenchidos de alegrias que acabaram e expandem no entanto até a ponta dos dedos. As horas boas são um trauma ao contrário para quem as procura ainda fora delas mesmas. É claro demais: são fogos de artifício que estouram com força a ponto de apagar seu rastro longo no escuro.

Depois o sono toma a todos e afunda na memória de um continente esquecido: que espera subaquático debaixo das camadas percorridas uma a uma para então adormecermos.

Não fosse tão possível, seria absurdo: o modo como as coisas se movem sem sair do lugar, e na caminhada um pé segue o outro espontaneamente. Não fosse o costume e a precisão, seria terrível o gesto de acordar mais uma vez; e se não fosse por falta de consciência, seria impossível dar tamanho àquilo que nos sustenta e derrota.

Antes de qualquer coisa: voltar ao início da trama: visitar as primeiras palavras: descobrir o que havia escondido: encontrar o que não estava dito: repassar as verdades formadas: e depois de tudo isso: sobrepor o passado ao presente: comparar a estrada e o começo: escavar os espaços vazios: perfurar os espaços vazios: perfazer o gesto da página: perseguir o rastro da página: esquecer o que estava escrito: e ainda que seja tarde: alertar sobre o que virá: procurar o que então virá: descobrir o que é que virá.

Se ele seguia uma direção, era a do último nome indicado na última placa por onde passou os olhos. Não tinha guardado a palavra toda, mas distinguia algumas letras brancas sobre o fundo azul em meio à neblina. Madrugada cheia: até as cores abaixavam um tom para compor a noite. Em Florença, todos os edifícios e as construções variavam entre castanho--escuro e vermelho-claro, e por isso a cidade parecia morar nos finais de tarde. O barulho reduzido da estrada, muito longe de lá, deixava ouvir água corrente.

Quando os olhos se fecham o escuro esparrama e corre por entre os rumos de dentro. Como a água que em poucos segundos preenche os espaços vazios, fechar os olhos toma todas as hipóteses e os caminhos do corpo.

Uma terra invisível onde as coisas são absorvidas e se tornam não mais que imagens nebulosas e arredias. O barulho impossível dos seres residentes das camadas mais profundas do oceano: tentáculos se retorcem e amarram uns aos outros, barbatanas se debatem contra a corrente. Uma terra invisível gira muito lentamente e conhece a superfície de tudo o que esquecemos.

A largura iluminada da via principal escondia um desvio pequeno: uma estradinha de terra molhada praticamente no meio do mato. Era uma estrada estreita e que sumia na noite, sem indicações nem avisos na entrada à direita. Muito diferente dos temas monótonos da rodovia, o desvio da estrada de terra intercedeu e interrompeu a caminhada dele, embalada por um fluxo tão forte que poderia durar dias. O desvio chamou em silêncio, e ele não viu a estradinha de terra, mas atraído por ela perdeu a sua rota contínua e enfiou os pés no barro ainda úmido da chuva de ontem.

Poucas cidades são como Roma e seu fórum de ruínas que resistem diariamente. Lembra de como era grande esse campo do mundo antigo bem no coração do movimento urbano? Caminhamos um dia inteiro e não chegamos a conhecer tudo: entre colunas enormes e a grama verde brotando do chão, descobrimos o espetáculo de um torpor no tempo morto — e escutamos a cidade respirar o nosso assombro.

Um demoniozinho cansado se escondia atrás da dobra do lençol da cama onde dormiam o sono de toda uma viagem. Esse serzinho minúsculo tramava segredos mirabolantes para um futuro não muito distante. O quarto quieto do hotel e seus corpos adormecidos não viam; e seguiam a espera paciente pela chegada da manhã: as cortinas grossas fechadas, os tacos de madeira no chão, o vaso cheio d'água sobre o criado-mudo. Eles não desconfiavam de nada, mas sabiam.

Atrás de todos os panos da memória, havia um tempo sem esperas. Jazia estático e ouvia tudo: e se dissolvia em seguida inserido ao que se sobrepunha. Era difícil encontrá-lo e difícil também perdê-lo, pois que era o único tempo a não se deixar procurar.

O mar é um corpo imenso e que só sabe fazer: chamar.

No fim de tudo há um porto. As coisas que acontecem e as que já aconteceram, os dias que passaram e as horas que ainda irrompem: tudo termina no porto, no espaço breve e seguro que divide areia e água. Um porto escondido na polpa mais profunda de seu país, onde atracam navios curtos por não mais que alguns minutos — e todas as coisas do mundo vêm desembocar ali.

Até então a noite estava encoberta, atrás das fileiras de postes de luz idênticos e sob o som constante dos automóveis que passavam logo ao lado. Mas a partir do momento em que a umidade da estrada de terra penetrava os seus sapatos, e quando já não se ouvia mais outra coisa além do ruído dos bichos minúsculos e do barulho da água correndo, daí a noite alta levantou: ela que ainda não tinha se revelado e que impôs de repente a presença gigante, dominando tudo em volta com seus braços muito escuros. Era tarde da noite e ninguém mais percorria ou percorreria esse caminho de curvas pequenas e terra molhada. Era longe de tudo e o corpo pendia cansado demais, atraído por qualquer coisa de fora do campo da visão.

A espuma do mar desmancha devagar: penetra na areia e a recheia de seu cheiro salgado. A areia escurece e enrijece e perde a distinção de cada grão. Ondas curtas trazem de volta a espuma de longe. A areia recebe porque também tem segredos distantes guardados bem dentro de seu sedimento.

Não há nada que eu possa dizer que dê conta daquilo que quero dizer quando não estou tentando. Lá as coisas cabiam enormes, lá era um peso que se carregava com os dois braços e a força de uma pessoa inteira. Lá caiu tantas vezes, ainda deixo cair da minha mão aquele lugar e seu tempo incontável: sua casca oca e fina está cheia de rachaduras e no entanto ainda não se partiu. Hoje lá vive solto e sem mim, cercado de si por todos os lados que não me pertencem.

Cada vez mais escuro, o ar e os passos, cada vez mais úmido o barro e a distância maior, a estrada se desfazia e sumia no meio das árvores cada vez mais longas. Agora ele andava mais devagar do que antes, sem o impulso que o guiava durante o resto do percurso, com cuidado como se houvesse o risco de despertar uma fera na selva. Cada minuto do tempo noturno se deixava ouvir ressoar: ele media passo por passo no chão incerto de terra — e não se surpreendeu quando surgiu uma clareira.

Uma clareira pequena desenhada na paisagem, mais nítida que tudo ao redor embora seja difícil distinguir cada cor. O mato rareado quase parece serragem, de um certo tom desbotado que lembra um passado antigo ou algo de um sonho esquecido. Uma clareira vazia atravessada por um rio que corria desde o início e só aparece aqui, bem no fundo da clareira que surgiu depois da estrada.

O dia todo tinha sido enorme — e a cidade ecoava no nosso corpo com suas cores mornas, os bustos e as galerias: parecia que dava para pegar com as mãos o que se formava no ar. Mas depois, quando nos calamos, de costas eu percebi um estranhamento crescer entre nós e se instalar perverso no escuro. Era como um bicho do mato que entrou sem avisos no quarto de hotel: enquanto deixávamos de nos olhar e nos afastávamos do contato, progressivamente também perdíamos o que tínhamos sido juntos e uma ignorância mútua ganhava lugar. Daí tomei coragem e acendi a luz do abajur do criado-mudo — numa curva dos pescoços voltamo-nos um para o outro: tudo aquilo que construímos se desfez em um segundo, e nos descobrimos completos desconhecidos. A intimidade que até então dispensava o cálculo e desmedia os gestos nessa noite desapareceu: e o que sobrou fomos nós dois sós. Encaramo-nos por muito tempo, mas apenas porque estávamos tão constrangidos que não sabíamos como desviar o olhar. Procurávamos algum traço familiar, qualquer expressão ou movimento que devolvesse o conhecimento perdido — e como não encontrávamos, nada surgia para dar conta da vergonha dos nossos corpos nus.

Pude te ver naquela noite como se nunca tivesse te visto antes: como se te visse passando pela rua. Te vi de longe, de muito longe, e com a certeza de que esqueceria do teu rosto assim que te perdesse de vista. Mas somos pessoas longas.

Foi algum tempo, foram minutos, até que o ar marrom avermelhado transbordasse da janela de Florença — e despertamos de um sono líquido, e chacoalhamos a cabeça: nos reconhecemos de pronto, nos deitamos e deixamos, entrançados e cansados.

Tudo se dispersa entre as horas seguintes àquelas que duram. Tudo o que dura depois derrama no escuro e encharca as roupas secas e a toalha do banheiro. Faz muito tempo que era ontem e estávamos em outro país: no intervalo de um dia inteiro e de um oceano chamado Atlântico voltamos para casa. Tudo chegou cheio de um cheiro forte que não estava aqui antes. À noite, quando a cama antiga nos recebeu, uma voz pouco a pouco cercou o sono e nunca mais foi embora. Procurei nas malas desfeitas e sob as fronhas dos travesseiros mas não encontrei nada ainda.

O percurso de volta é muito mais curto do que o de ida: já se conhece o caminho traçado e não sobraram expectativas além daquelas que se cumpriram. No entanto voltar demanda tanto mais tempo do que a partida — é preciso enfrentar todos os monstros da memória para aportar de novo. É preciso encontrar o que se tinha sido e reconhecer o que se abandonou: é também necessário perder uma a uma todas as tardes daquela viagem, que ficarão espalhadas no meio da casa em constante desordem. A volta se costura minuciosamente e depois desmancha ponto por ponto, como a busca que ainda não sabe qual é o objeto que está perseguindo.

Uma viagem traça um arco no espaço. Como pode haver outro tempo além desse que me chama? Como pode ser diferente se escuto com o corpo a madrugada de hoje? O que é que segue correndo mesmo quando já não posso mais alcançar com os olhos? O que sobrou daquele pedaço de terra que deixei? Onde estão todos os dedos que se enroscavam na areia? Hoje não são mais que dez e da areia só sinto o cheiro impregnado no espaço. Amor é o que arrisca tudo em um chamado repetido e sem sentido.

Acordei da noite de ontem por imagens projetadas no teto do meu quarto. Era o fundo do mar e eu nadava com todas as forças que tinha para atingir de volta a superfície. Mas cada membro do meu corpo sobretudo os braços cediam ao peso da água salgada. Reconheci que não conseguiria chegar lá a tempo: e foi assim que me refugiei numa gruta escondida ali debaixo d'água, onde permaneci logo ao lado da âncora de um navio naufragado e coberto de musgos.

Ele viu um rio de longe. Era o rio comprido e estreito que cortava a clareira na parte de trás. Ele se aproximou muito lentamente. Então todos os acontecimentos de antes daquele instante foram deixados — e os seus passos largos cumpriram a pouca distância até a margem. Ele tinha o corpo trêmulo pelo cansaço e a testa úmida por causa da noite. Uma luz pálida parecia emanar do rio que o atraía para ainda mais perto.

Os dias não estão contados. O que flutua no tempo também se esquece quando mergulha nas águas claras de antes. Toda luta é contra as formas.

Era um rio muito comprido que corria muito depressa. A clareira toda se apagava: ele seguia em direção ao rio como se estivesse sendo levado. Alguma coisa se anunciava nesse ar gelado que antecipava o nascer do sol.

Foi quando finalmente encostou os pés na margem. O rio então se abriu ali diante dele de dentro para fora — e ele compreendeu. É que a água daquele rio não era como a água de todos os outros rios que correm pelo mundo.

Eram gotas de água, inúmeras gotas minúsculas, e que não se misturavam entre si mesmas. Não havia naquela água daquele rio a fluidez típica de qualquer água de qualquer rio: cada gota permanecia; elas ainda não tinham se rendido umas às outras. Gotas encapadas porque conservavam só no interior sua nitidez aquática, mas sem nunca romper a casca que as distinguia e as definia. Todas seguiam para uma única direção, só que não iam da mesma forma como vai o rio: não mantinham uniformidade, e se cruzavam em tramas confusas: era antes um amontoado de gotas apertando-se na estrutura de repente estreita do rio, esmagando-se na correria agora urgente do rio, e que não encontravam liga para se juntarem e assim se tornarem uma coisa só. Um tecido líquido que se dispersava e cujas partes já se sobrepunham muito transparentes como se deixassem ver sua urdidura atrás dessa costura. Gotas que não tinham se desfeito em água, não se descascaram — que mantinham sempre essa camada fina: elas se encostavam, até se encontravam, mas não se trocavam, não se confundiam.

Estou te procurando como um bicho te procura no meio da madrugada. A noite passada veio e agora somos selvagens até o amanhecer: mas não te encontro no quarto nem no tempo da floresta nem nas horas que ficaram guardadas num canto escuro e a noite vai acabar. Sou como um bicho do mato enquanto os minutos correm: vejo pela janela o quanto as coisas escorrem pelo vidro escurecido e tenho os olhos abertos cheios do mundo inteiro atrás das luzes da cidade. O meio da madrugada faz de mim um monstro enorme e faz de você procura que se afasta pouco a pouco da minha atenção constante até que já não seja agora.

Não há dia nem há noite que peça desculpas pelo movimento com que cumprem sempre a mesma silhueta traçada no espaço. Toda tarde simplesmente aceita ser chamada tarde por quem quer que seja.

Naquele dia, há muito tempo, você me falou: está tão quente hoje. Respondi que sim e o calor penetrou nossa pele, nossos braços descobertos, o sol sem lados nem nuvens de uma cidade pequena perdida no meio daquele país. Foi só isso que você disse e seguimos andando sem direção, levados pela correnteza da rua e do tempo quente que constatávamos constantemente.

CARTE POSTALE

Latvija
Avotu iela 53/55
dz 8.
Kastun

Riga

Sobre a autora

Leda Cartum nasceu em São Paulo, em 1988. Publicou seu primeiro livro, *As horas do dia – pequeno dicionário calendário* (7Letras), em 2012. Trabalha com a escrita em diversas áreas, desde roteiro e dramaturgia até editoração e tradução. Hoje, conclui o mestrado a partir da obra do escritor francês Pascal Quignard.

Este *o porto* foi feito durante quatro anos, num aprendizado da espera e da paciência como formas de criação.

**CADASTRO
ILUMI//URAS**

Para receber informações
sobre nossos lançamentos e
promoções, envie e-mail para:

cadastro@iluminuras.com.br

Este livro foi composto em *Minion* pela *Iluminuras* e terminou de ser impresso nas oficinas da *Meta Solutions gráfica*, em Cotia, SP, em papel off-white 80 gramas.